U0074249

噓，不哭！

圖・文／蘇飛

作者簡介／蘇飛

蘇飛。本名廖秀慧。馬來西亞麻坡人。

因為喜歡跟孩子說故事而開始寫小說畫繪本，從而走入創作的寬廣天地。

在寫小說前，寫電視劇及電影劇本，並曾任兩部系列長篇動畫編劇及編審。

繪本創作於我是很特別的歷程。在作畫時，總有新點子和畫法出現，有時一下子浮現幾個想法，但真正下筆畫出來時，又有不同的感覺。可以說，我能完成一部繪本，是兼具偶然跟必然的因素在內。

每一次完成後，都深深領受到創作之神給予的祝福。

希望能一直寫寫畫畫到老，創作出有意思又有趣的作品。

曾獲馬新星雲文學獎之第一屆兒童繪本公開組特優獎。已出版青少年小說十四部及繪本三部。

FB 粉絲專頁：蘇飛的世界

推薦序／愛哭鬼的心都是玻璃

洪綉晴（兒童劇製作人）

這繪本故事的作者就是那麼心思細膩，充分把孩子愛哭的情緒描繪得絲絲入扣。

丫丫是一個愛哭鬼，是也哭，不是也哭，看到這裡我就笑了，因為這真的是愛哭鬼最常出現的情境。

這個故事的主角很像我，原來也是作者蘇飛的寫照，原來大家都是愛哭鬼，愛哭鬼的內心都是玻璃做的，很容易感傷，很容易鑽牛角尖，很容易情緒崩潰。

而且故事裡頭的丫丫睡前睡醒都愛哭，這也顯示了他的內心不安。

想起自己也是這樣，爸爸還沒張口罵我，嗚嗚嗚嗚嗚嗚嗚嗚，媽媽就瞪了我一眼，嗚嗚嗚嗚嗚嗚嗚嗚，感情豐富小小的心，無處安放的不安定，就會選擇最快方法，嗚嗚嗚嗚嗚嗚嗚嗚。

喜歡哭的人，除了感情豐富，也很怕自己不再被愛，可是，當媽媽帶他一整天去溜達，他被關注了，他被安撫了，他被大自然滋養了，他的心也安啦。

透過水彩趣味繪圖，真的饒有趣味，而且有著水墨畫的淡雅，襯托小心思的千絲萬縷，帶給止不住哭的我，不小心，忍不住笑了。

洪綉晴

兒童劇製作人

專業製作兒童劇

從 2020 年開始轉型製作線上劇場

已經製作 300 部以上的作品

丫丫是個愛哭鬼

是也哭，不是也哭。動不動就哭。

跌倒了哭，無聊了哭。看不到媽媽也哭。

起床哭，睡覺還是哭，

吵得家裡雞犬不寧。

噓！不哭！

外面有好多好多有趣的事哦！

什麼有趣的事？
跟媽媽來就對了！

嘿喲～
啦～
咦？
那是什麼聲音？

原來是青蛙家族在大合唱啊！

嘟～嘟～
嘟哇～
嗚——
啦啦啦！
呱呱～
好～好聽啊！

唱歌真有趣，
改天我也要參加合唱團！

好啊！

他們來到一個小池邊。

你看，那是什麼？

好多氣泡！
難道池水在放屁？

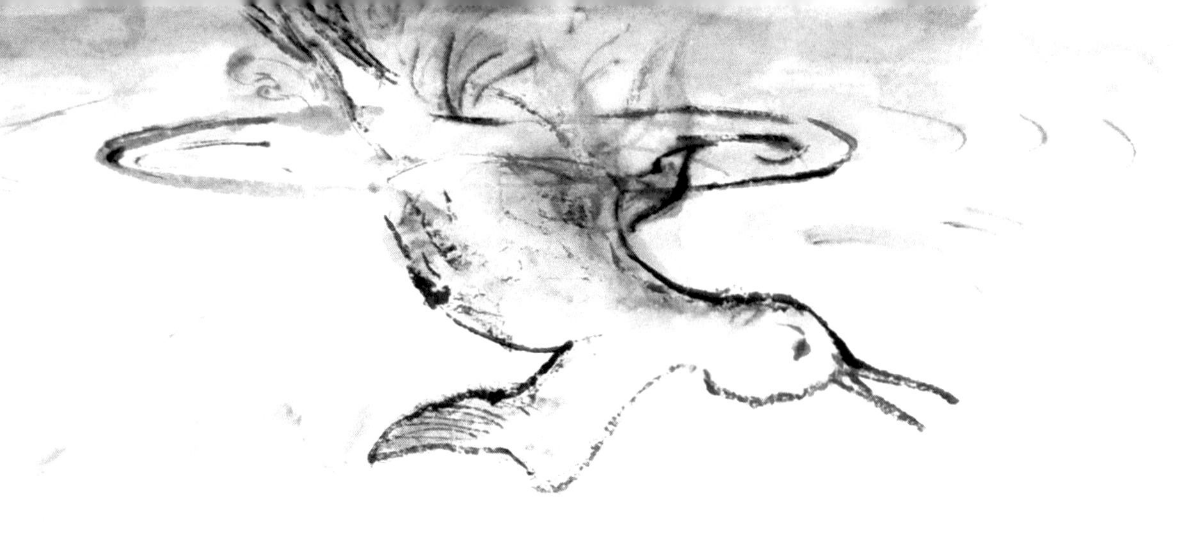

真好玩！

我也好想好想吹泡泡啊！

原來是魚兒在比賽吹泡泡呢！

我吹的泡泡最多！
我吹的泡泡最大！

聽說過了那座橋，
有一個很大的花田哦！
什麼是花田？

哇！這是……

太美了……

ㄚㄚ和媽媽在美麗的花田待了好久才離開。

他們走著走著，突然……

咦？為什麼地在動？地震了嗎？

原來是大象兄弟在運動啊！

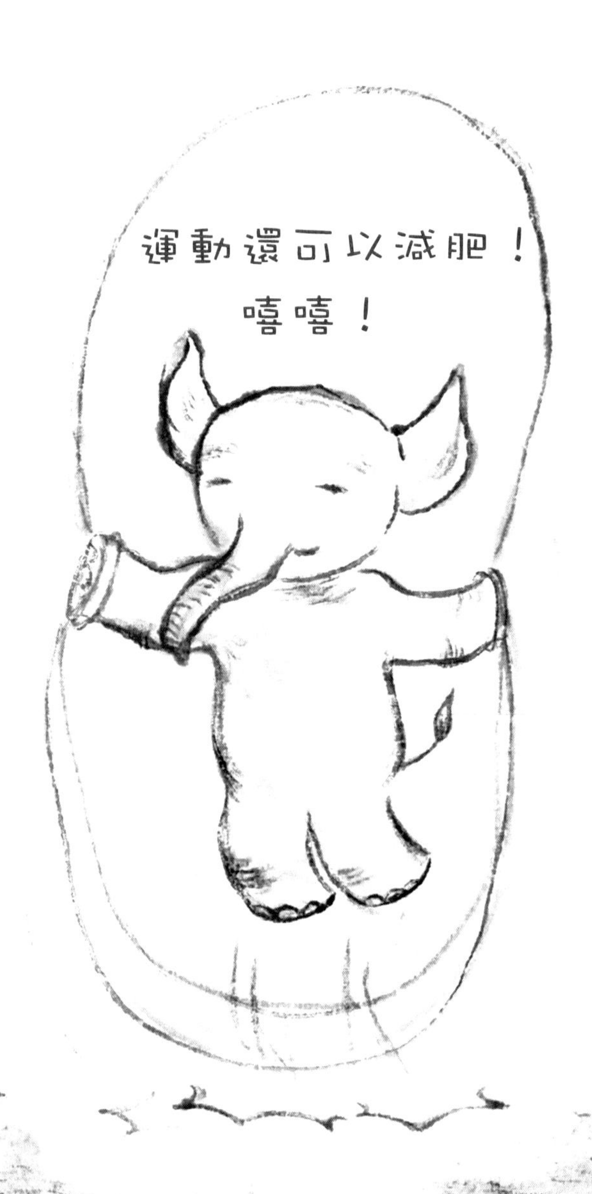

我也來運動！
看！我玩得不錯吧？

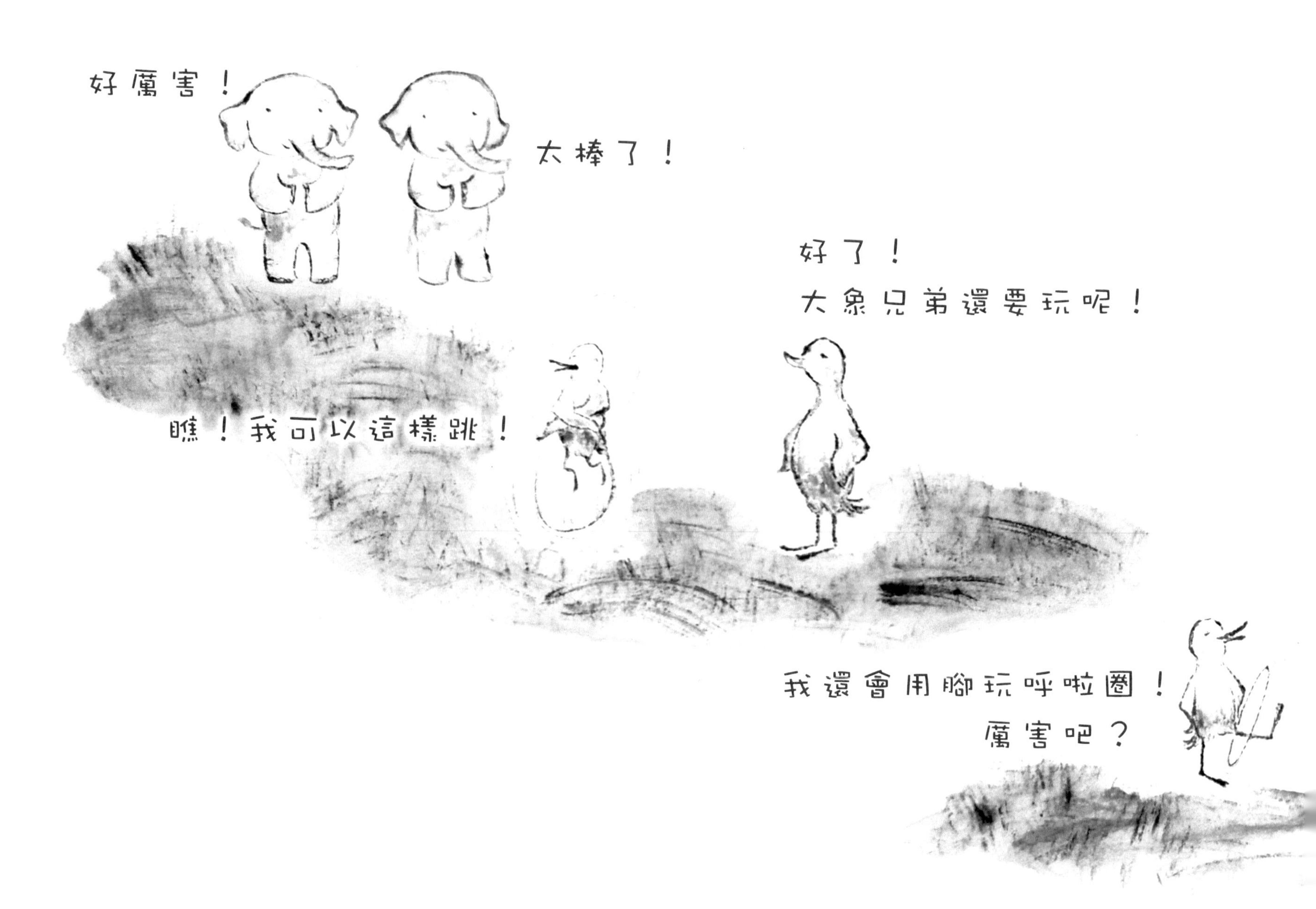
好厲害！
太棒了！
瞧！我可以這樣跳！
好了！
大象兄弟還要玩呢！
我還會用腳玩呼啦圈！
厲害吧？

玩很久了！
我們回家吧！
人家還沒有玩夠呢！
該走了！

他們走到一處樹林密佈的地方。
這樹林陰森森的，
我有點怕……

呀！
好大好長的影子！
是怪物嗎？

原來是賣帽子的熊大叔！

媽媽你看！

好多帽子啊！

要不要買一頂帽子？
戴帽子很有型哦！

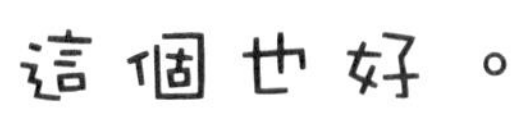
這個也好。

這頂不錯。

還是這個最適合我！

唷！
竟然有一頂
這麼大的帽子！
給誰戴的呢？
哈哈，大頭怪嗎？

喂！小心啊！
哎呀！

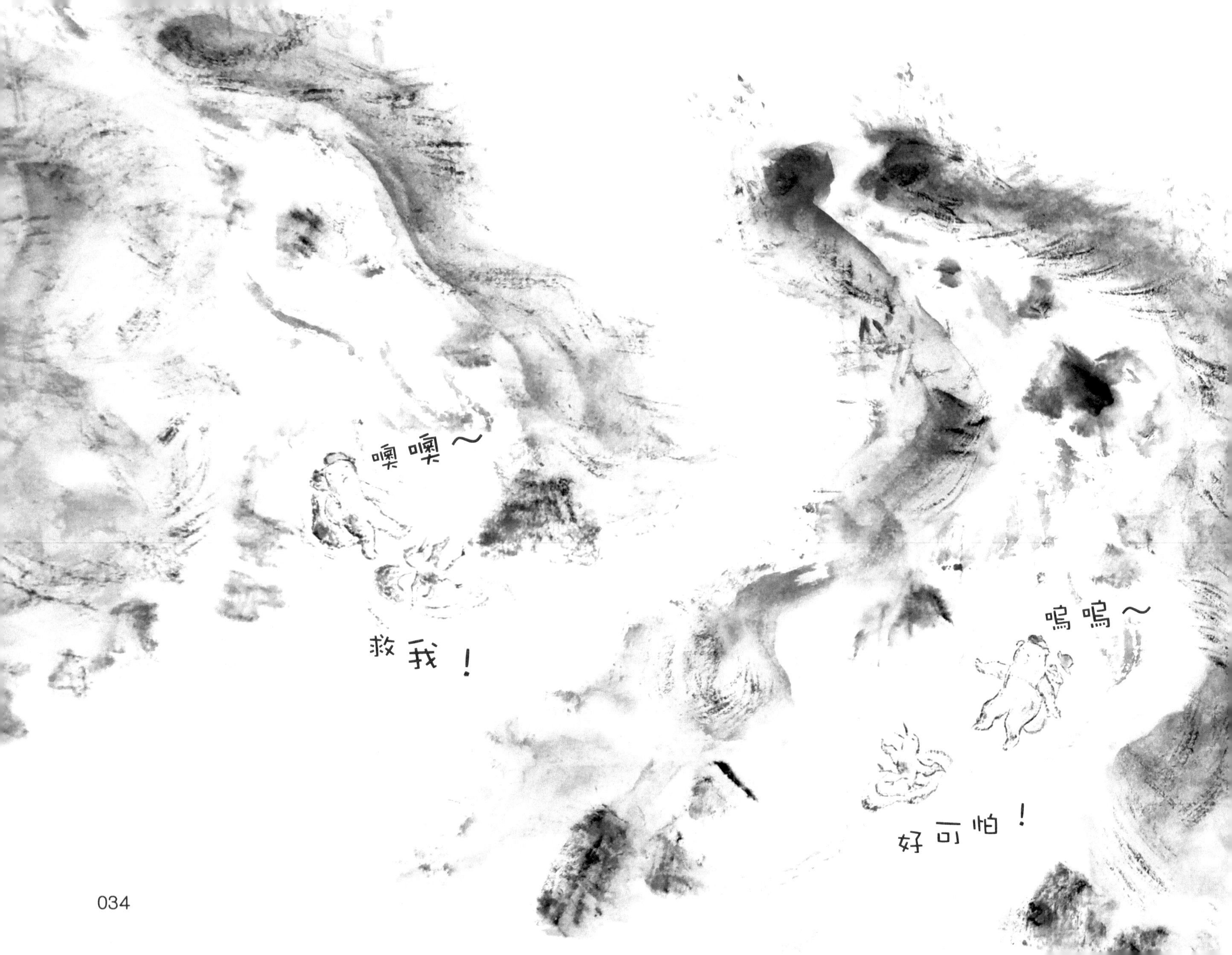
噢噢～
救我！
嗚嗚～
好可怕！

噢哦哦～
哇啊～

ㄚㄚ！
擔心死我了！

對不起，媽媽！

沒事就好！

ㄚㄚ跟著媽媽回家去，
他們經過一片竹林時……
好香啊！
到底是什麼呢？

香濃美味的栗子奶油酥餅、栗子鬆糕、

栗子煎餅、栗子糖、栗子冰沙、栗子……

哇！好像很好吃！
好想都買來吃！

走了一整天，丫丫和媽媽累極了。
他們躺在山坡上，一邊休息，
一邊享用美味的栗子糕點。
好～好吃哦！

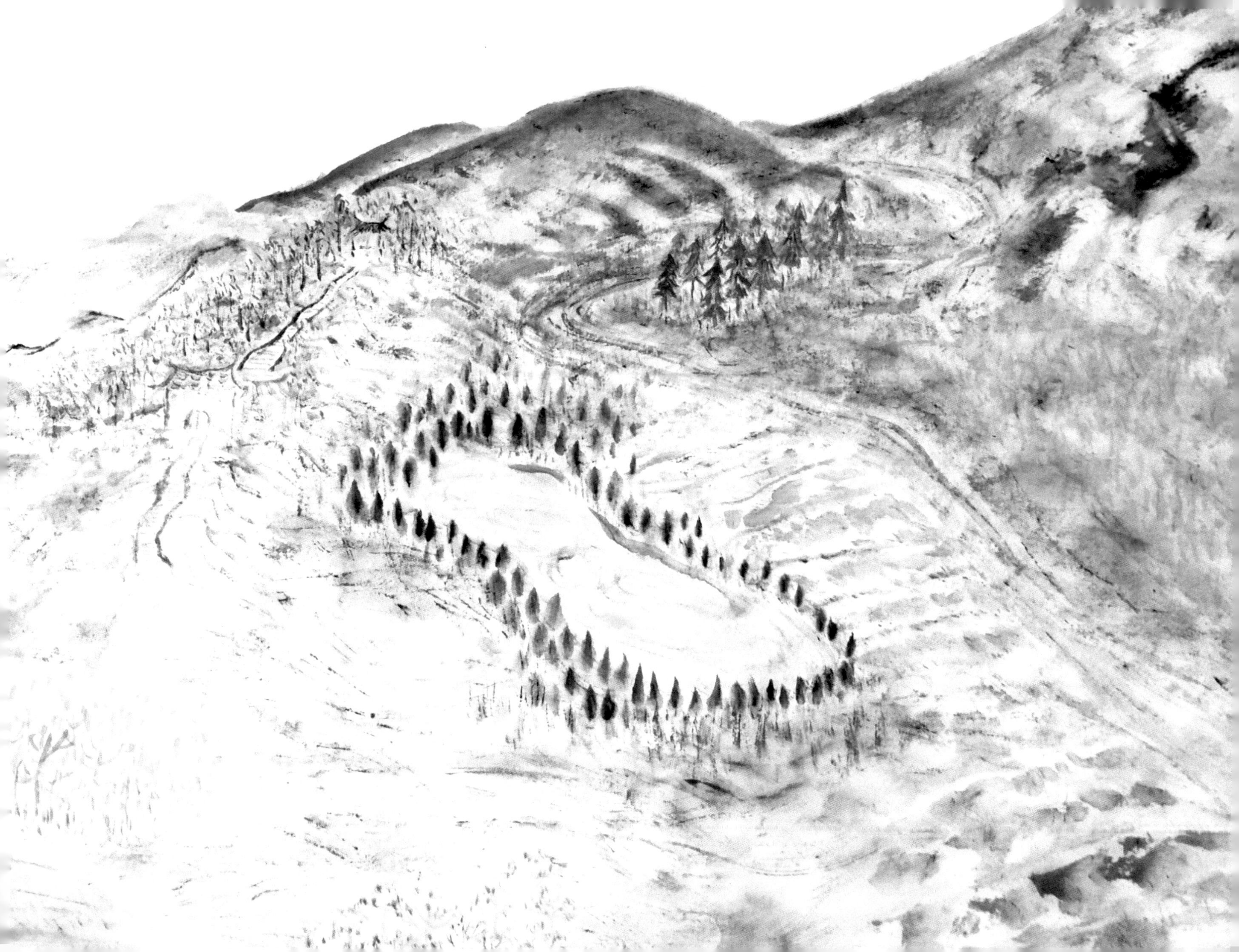

晚上，丫丫不哭也不鬧，
甜甜地進入夢鄉。

給讀者的話／《噓，不哭！》創作點滴

蘇飛

來談談創作繪本的動機吧！

為什麼會想創作繪本呢？

是為了小朋友而寫嗎？或許有一點點。其實更多的，是為了自己而寫。

畫《噓，不哭！》的契機，應該是被公寓某個鄰居小孩，那驚天動地、歇斯底里的哭聲搞得精神緊繃吧？

這個動機有點不正面，但追根究底，大概跟我自己小時候是個愛哭鬼有關。

小時候的我是大夥兒眼中的「哭包」，動不動就哭半天，偏偏家裡兄弟姊妹多，母親不予理會，沒有得到重視的我有時會哭到抽搐，止不住哭，現在想想，那是多麼可怕的事啊！

愛哭的我和家人一塊兒住在板屋裡。父親租了其中兩個緊挨著的小房，父母一間，我們兄妹四人一間（那時其他三個小弟妹還未出生），大夥兒擠著睡。板屋活動空間不大，沒辦法很盡興的玩，我時常動不動就哭，吵得鄰居們受不了。

記憶中我很不快樂。愛哭怎麼會快樂呢？情緒沒有得到重視，也感受不到母親的愛。於是我想，如果媽媽當時帶我出去走走，我可能就不那麼愛哭了。

走出去雖然不一定能解決問題，但我們會見識到不一樣的景觀，體驗不同的情境和感受。遇見各種平常不會遇到的事物後，或許心情能從中得到抒發，明白家人對我們的愛。

就這樣，我開始畫了起來。

雖然不是每個孩子都像我這樣愛哭，但一定都會想出去走走，然後才有可能遇到各種各樣有趣的事啊！

願大小朋友看了《噓，不哭！》，都能開心起來！

蘇飛繪本著作

《森林的一天》

馬來西亞資深童書作家蘇飛，首次嘗試「花草拓印」創作法，以自然元素描繪童趣故事！

小狐和小兔在森林散步時發現了一顆「金蛋」，他們一起去尋找金蛋的媽媽，既驚險又好玩的一天，就在森林裡展開了！

《慢慢的世界》

蘇飛第二本「花草拓印」暖心繪本——在快速的世界尋找「慢慢的美」。

這是一本為了「慢慢的孩子」而作的繪本：只要認真學習，學得慢並不需要感到自卑，因為每個人都有自己的成長步調！

《狐狸先生與愛吃畫的咕嚕》

蘇飛首次嘗試無字繪本創作，沒有文字的侷限，多了更多想像空間，增添親子共讀天馬行空的時光！

簡約的線條、富哲理的小故事，帶孩子思考付出與回報的真諦！

兒童文學 51　PE0185

噓，不哭！

圖・文／蘇　飛
責任編輯／姚芳慈
圖文排版／陳秋霞
封面設計／蔡瑋筠

出版策劃／秀威少年
製作發行／秀威資訊科技股份有限公司
114 台北市內湖區瑞光路76巷65號1樓
電話：+886-2-2796-3638
傳真：+886-2-2796-1377
服務信箱：service@showwe.com.tw
http://www.showwe.com.tw

郵政劃撥／19563868
戶名：秀威資訊科技股份有限公司
展售門市／國家書店【松江門市】
104 台北市中山區松江路209號1樓
電話：+886-2-2518-0207
傳真：+886-2-2518-0778

網路訂購／秀威網路書店：https://store.showwe.tw
國家網路書店：https://www.govbooks.com.tw
法律顧問／毛國樑　律師

總經銷／聯寶國際文化事業有限公司
地址：221新北市汐止區康寧街169巷27號8樓
電話：+886-2-2695-4083
傳真：+886-2-2695-4087

出版日期／2020年12月　BOD一版　**定價**／300元
ISBN／978-986-98148-9-8

秀威少年
SHOWWE YOUNG

國家圖書館出版品預行編目

噓,不哭! / 蘇飛圖.文. -- 一版. -- 臺北市 : 秀威少年,
2020.12
面； 公分. -- (兒童文學 ; 51)
BOD版
ISBN 978-986-98148-9-8(平裝)

859.9 109015371

讀者回函卡

感謝您購買本書，為提升服務品質，請填妥以下資料，將讀者回函卡直接寄回或傳真本公司，收到您的寶貴意見後，我們會收藏記錄及檢討，謝謝！

如您需要了解本公司最新出版書目、購書優惠或企劃活動，歡迎您上網查詢或下載相關資料：http:// www.showwe.com.tw

您購買的書名：＿＿＿＿＿＿＿＿＿＿＿＿＿＿＿＿＿＿＿＿

出生日期：＿＿＿＿年＿＿＿＿月＿＿＿＿日

學　　歷：□高中（含）以下　□大專　□研究所（含）以上

職　　業：□製造業　□金融業　□資訊業　□軍警　□傳播業　□自由業　□服務業　□公務員　□教職　□學生　□家管　□其它＿＿＿＿＿＿＿＿

購書地點：□網路書店　□實體書店　□書展　□郵購　□贈閱　□其他

您從何得知本書的消息？

□網路書店　□實體書店　□網路搜尋　□電子報　□書訊　□雜誌　□傳播媒體　□親友推薦　□網站推薦　□部落格　□其他＿＿＿＿＿＿＿＿

您對本書的評價：（請填代號　1.非常滿意　2.滿意　3.尚可　4.再改進）

封面設計＿＿＿＿　版面編排＿＿＿＿　內容＿＿＿＿　文／譯筆＿＿＿＿　價格＿＿＿＿

讀完書後您覺得：

□很有收穫　□有收穫　□收穫不多　□沒收穫

對我們的建議：＿＿＿＿＿＿＿＿＿＿＿＿＿＿＿＿＿＿＿＿

＿＿＿＿＿＿＿＿＿＿＿＿＿＿＿＿＿＿＿＿

請貼
郵票

11466
台北市內湖區瑞光路 76 巷 65 號 1 樓
秀威資訊科技股份有限公司 收
BOD 數位出版事業部

（請沿線對折寄回，謝謝！）

姓　　名：________ 年齡：________ 性別：□女　□男

郵遞區號：□□□□□

地　　址：________

聯絡電話：（日）________ （夜）________

E-mail：________